Texto de Claude Helft.
Ilustraciones de Anne Velghe.
Título original: Le long sommeil
Traducción y adaptación de María Barrionuevo Almansa.
© 1998 Rainbow Grafics Intl - Baronian Book.
©1998 Beascoa Internacional para la lengua española.
Beascoa Internacional es una marca del
Grupo Ediciones Beascoa, S.A.
Producido por Rainbow Grafics Intl - Baronian Book.
Impreso en la CE.
Todos los derechos reservados.

Claude Helft - Anne Velghe

¡Dulces sueños, Teddy!

Traducción y adaptación de María Barrionuevo Almansa

Beascoa
Internacional

Es el final del otoño,
pero el oso Teddy aún está fuera
revolcándose alegremente
entre las hojas.
—¡Hey, Teddy, no te
distraigas! —exclama
la ardilla—. ¿Has olvidado que
los osos como tú duermen todo
el invierno? ¡Y ya hace frío!

Teddy entra en casa muy agitado:
—Hmm... La ardilla tiene razón,
el invierno va a llegar y no estoy preparado
para recibirlo. ¡Tengo que darme prisa!
Mi cama está sin hacer y la casa toda revuelta.
Además... ¡este ratón no deja de
enredar en mi camino!

Ya en la cocina, el oso Teddy mira
en la despensa:
—¿Está todo en orden? ¿Tendré suficiente comida?
¡Estoy muerto de hambre!
—¡Quieto! ¡Ni se te ocurra poner tus manazas
en la miel! —grita el ratón—. ¡La miel es mía!
—¡Tranquilo, pequeño roedor! —dice
Teddy—. ¡Me comeré la mermelada de flores
que me regaló el lobo!

De repente, Teddy se acuerda de los pájaros y
sale al jardín:
—Les prometí a mis amigos de plumas terminarles
su casita antes del invierno. Me pregunto qué comerán
ellos cuando llegue el frío.

En aquel momento, aparece el lobo
entre los ramajes del bosque y,
con voz profunda, le dice a nuestro amigo:
—¡Hola, camarada! Te he traído unos
pastelillos y mermelada de naranja.
¡Te veo muy inquieto! ¿Ocurre algo?

Después de hablar un rato con el lobo,
Teddy decide escribir a sus amigos:
—¡Será mejor que empiece por el ratón!
¡No puedo olvidarme de él!

Querido amigo ratón,
¡Espero verte en
mi gran fiesta de primavera!
Con cariño, Teddy

Querido amigo ratón,
¡Espero verte en mi
gran fiesta de primavera!
Con cariño,

Teddy

La Navidad no tardará en llegar.
Pero, antes de adornar la casa,
el oso Teddy quiere saber si
hará mucho frío este invierno.
—¡Llamaré a la "estación del tiempo"!
Estoy seguro de que la Osa Mayor
me dirá que me ponga varios pijamas
y calcetines para dormir calentito.
Hmm... ¡Parece que ese
pequeño roedor necesita ayuda!

—¡Papá Noel vendrá cuando
yo esté dormido! —dice Teddy—. ¡Tiene
que encontrarlo todo bien arreglado!
¡Qué sorpresa se va a llevar! Espero que
me deje algo de miel... ¡Ese ratón me la
ha robado toda!

Tras los preparativos,
Teddy se mete en la cama:
—¡Ya estoy listo! Mis dientes
están limpios, la puerta bien cerrada.
Pero, ¡no tengo sueño!
¡Ya sé, contaré ovejas!
—Pues yo contaré quesitos —dice
el ratón.
—Una, dos, tres... ¡saltan sobre
mis rodillas! Cuatro, cinco,
seis... ¡vuelan sobre el suelo!
Siete, ocho, nueve...

De repente, Teddy siente cómo unos rayos de luz
le salpican en la nariz.

—¡Oh! ¿Cómo ha podido ocurrirme? ¡Olvidé
despedirme de mi amiga Luna!

—¡Buenas noches, mi dulce Luna!
Estoy preparado para mi viaje a la tierra de
los sueños. Por favor, envíame uno de tus
encantadores besos de buenas noches.
—Casi me olvidas —responde la Luna.
—¡Eso nunca!... ¿cómo podría dormirme
sin un beso tuyo?

Al fin, Teddy duerme.
Durante todo el largo invierno
el beso de plata de la dulce Luna
brilla en su nariz.